AF346392

CATALOGUE

D'UNE

TRÈS IMPORTANTE COLLECTION

DE

SUITES DE GRAVURES

POUR ILLUSTRER

Molière, Rabelais, Perrault, Manon Lescaut, etc

DE

PUBLICATIONS SUR L'HISTOIRE DE PARIS,

Collection de Documents rares ou inédits, relatifs à l'Histoire
de Paris,
Collection historique des Bibliophiles Parisiens, etc.

D'OUVRAGES DE BIBLIOPHILES,

Trésor des vieux Poëtes Français, 14 vol., etc.

ET

D'OUVRAGES ET GRAVURES EN TOUS GENRES

DONT LA VENTE AURA LIEU

Le Jeudi 18 Octobre 1888

A HUIT HEURES TRÈS PRÉCISES

A PARIS, RUE DES BONS-ENFANTS, 28
(MAISON SILVESTRE, SALLE N° 2)

Par le ministère de M⁰ **BOULLAND**, Commissaire-Priseur,
rue des Petits-Champs, 26,
Assisté de **M. BRUNOX**, Libraire, rue Guénégaud, 7, à Paris.

LIBRAIRIE DU BIBLIOPHILE

BRUNOX, Successeur de DAFFIS et de WILLEM
7, rue Guénégaud, Paris

1888

CONDITIONS DE LA VENTE

La Vente est faite au comptant.

Les Acquéreurs paieront CINQ POUR CENT en sus des enchères, applicables aux frais.

Les Articles en nombre pourront être vendus soit sur un prix total pour le lot, soit sur le prix de l'unité (à charge, par l'Acquéreur, de prendre au même prix les nombres qui seront indiqués).

M. BRUNOX pourra réunir ou diviser des lots ou des articles faisant partie d'un lot.

Tous les lots (sauf le n° 26) se trouveront rue des Bons-Enfants, 28 et devront être enlevés de la Salle de Vente, le Vendredi matin 19 Octobre.

A cause du grand nombre de Volumes qu'il comprend, le *Trésor des Vieux Poètes Français* restera déposé chez M. BRUNOX, où l'Acquéreur devra en prendre livraison en s'entendant avec M. BRUNOX pour les jour et heure de cette livraison.

Les personnes qui désireraient s'entretenir avec M. BRUNOX ou lui demander des renseignements au sujet de cette Vente, le trouveront chez lui, tous les matins, de 8 heures à midi.

CATALOGUE

DE LIVRES

Publications en tous genres

COLLECTIONS DE GRAVURES, ETC.

1. Balzac. OEuvres, éd. illustrée, 1842-55. 20 vol. in-8, br.

2. Thiers. Histoire de la Révolution. Neuvième édition avec gravures, 1839. 10 vol. in-8, rel., dos et coins.

3. Mémoires de Fléchier, sur les Grands Jours d'Auvergne, 1856. In-8.

4. Molière. Théâtre complet, publié par D. Jouaust. Préface de Nisard, 1876-82. 8 vol. in-8 br. neufs (La suite de Leloir a été enlevée).

5. Victor Hugo. 9 vol. en éditions originales.

   Les travailleurs de la mer, 3 volumes. Légende des siècles Tome V, 2 Paris, 3 Shakespeare Hollande.

6. Cardinal de Retz (Edition des Grands Écrivains). 6 vol. in-8. br.

7. Berthelot. Les Origines de l'Alchimie, 1885. In-8, br.

8. Satyre Ménippée..... (Avec de la gravure de la procession). A Ratisbonne, 1664. ; In-16 rel., tr. dor.

9. Les Aventures de Télémaque. Nouvelle édition ornée de gravures (De Queverdo), 1796; 4 vol. in-16, rel. pl., tr. dorées.

10. Parades inédites de Collé, 1864; Gay. In-16 cart. Restif de la Bretonne, 1881. Quantin. — Lettres de voiture, 1880. Jouaust, 2 vol.

Ensemble 4 volumes.

11. Bibliothèque elzévirienne, 4 vol. (Des Periers, 2 vol. — Saulx Tavannes, 1 vol. — Livre des Peintres., 1 vol.

12. Parapilla et autres OEuvres, libres et galantes. Nouvelle et dernière édition. A Florence, 1782. In-16 avec 5 jolies figures. — OEuvres complètes de M. Bernard ; Front. gravé, in-16.

GRAVURES

13. Collections de portraits gravés des Auteurs Français publiées par Scheuring.

28 Collections.

I. — Acteurs Français (5 exemplaires sur vergé teinté en noir, 1 vergé en noir, 1 sans lettre (tirage avec caches) Chine monté sur vélin, 2 (même tirage) vergé en sanguine).

II. — Comédie Française (sur vergé teinté (8 avant lettre en noir, 7 avant lettre en sanguine, 3 avec lettre en noir).

III. — Troupe de Voltaire, 1 exemplaire vergé. Avant lettre en sanguine.

14. Les Solutions conjugales de Saulière. — Deux eauxfortes inédites de Régamey.

I. — Pour « la peine du talion. »

... « Mon cocher me semble beau garçon. »

II. — Pour « Le Bas. »

... « Prendrais-tu par hasard mon nez pour une jambe. »

Lot d'épreuves en diverses couleurs et sur divers papiers. 2 planches cuivre. 1 exemplaire du livre.

15. **Molière.** Collection complète des 6 fleurons de Moreau le Jeune se rapportant spécialement à : I. Dépit amoureux ; II. Ecole des maris ; III. Amour médecin ; IV. Médecin malgré lui ; V. Avare ; VI. Malade imaginaire.

> 64 Exemplaires (16 sur vergé, 34 Chine monté sur vergé, 1 vélin, 13 Chine volant).

16. **Mélanges amusants.** Essai sur les vignettes, fleurons, etc., 1776, in-12 br.

> Avec 2 planches cuivre et épreuves de ces planches en diverses couleurs.

17. **Lot d'environ 300 portraits d'Acteurs et d'Actrices** (Comédie-Française et théâtres de Paris) publiés par Scheuring. Petit in-4 vergé teinté. (Mmes Rachel, Paradol, Déjazet, Dorval ; MM. Frédérick Lemaître, Grassot, Arnal, Francisque, etc.).

18. **Lot d'environ 800 portraits gravés** de Corneille, Molière, La Fontaine, Beaumarchais, Regnard, Voltaire, Racine, etc.

19. **Un lot gravures et portraits.**

COLLECTIONS DE GRAVURES
AVEC LES CUIVRES

20. **Contes de Perrault.** Jolie suite complète de 21 planches, d'après Gerlier, Eisen, etc. (2 portraits dont 1 par Eisen, 1 frontispice de Gerlier, 3 planches, 14 vignettes d'entête, 1 fleuron).

> 3 collections sur Hollande en bistre, bleu et sanguine.
> 21 planches gravées (15 sur acier, 6 sur cuivre).
> 1 cliché avec épreuves en couleur.

21. **Manon Lescaut.** Suite complète de 8 charmantes figures de Coiny, d'après Lefèvre.

> 15 collections en divers papiers et couleurs.
> Les 8 planches cuivre.
> 1 planche cuivre, portrait de l'abbé Prévost, gravé par Gourdoin, d'après Cochin.
> 1 exemplaire de l'édition en 2 vol., donné par Leclère.
> 1 exemplaire (sans gravures) de l'édition publiée par Jouaust dans la Petite Bibliothèque artistique.

22. MOLIÈRE. Suite complète de 8 planches (5 estampes pour Psyché, les Femme savantes. M. de Pourceaugnac, l'Ecole des Femmes, George Dandin, — 1 portrait de Coypel et 2 frontispices représentant la Comédie), gravées en taille douce, par T. de Mare, d'après COYPEL, et publiée en 1882 par Mme Lefilleul.

318 collections avec [lesquelles nous donnons environ 500 gravures dépareillées en tous états et sur tous papiers, environ 250 couvertures. — 2 cadres contenant la collection des estampes — et les 8 planches.

Les épreuves en eau-forte et avant lettre sont signées du graveur.

I.	27	exemplaires eau-forte pure,	Japon noir,	publié	à	70 fr.
II.	55	—	Hollande noir	—		56 fr.
III.	25	avant toute lettre	Japon noir	—		36 fr.
IV.	6	—	Japon bistre	—		40 fr.
V.	70	—	Hollande noir	—		32 fr.
VI.	84	avec lettre	—	—		18 fr.
VII.	51	—	Hollande bistre	—		24 fr.

318 collections.

« ..... M. T. de Mare, dont nous n'avons plus à vanter le talent déjà connu et très apprécié, a tiré un excellent parti des réductions qu'il vient d'exécuter des grandes estampes de Ch. Coypel (1726). Tout en leur laissant le caractère primesautier et large des grandes planches, il leur a donné une finesse et un rendu qui ne sauraient déplaire dans des gravures de cette dimension. En un mot, cette suite ne le cède en rien à ses autres travaux... » Octave Uzanne.

Le Livre, juin 1882.

« ..... On connaît peu la suite devenue rarissime et inabordable des figures composées par Coypel pour illustrer Molière. Complète, elle vaut de 600 à 700 fr. ..... Mme Lefilleul vient d'en faire une charmante et très artistique réduction qu'elle a eu le bon goût de confier à l'habile graveur T. de Mare.....

« ..... Cette suite exquise est extrêmement importante tant par sa valeur artistique qu'à titre de document. Car Coypel a donné là non seulement le costume sous lequel on représentait Molière, mais le décor, la mise en scène tels que la tradition nous les a conservés et peut être jusqu'aux portraits des principaux interprètes.

« Son frontispice nous donne le dessin exact de la salle de l'Ancienne-Comédie, avec son rideau fendu au milieu, ses lustres..., les spectateurs... » *Le Moliériste*, septembre 1882.

23. Molière. Suite complète de 33 planches gravées d'après Moreau le Jeune, et d'un portrait gravé d'après Mignard.

13 Collections en divers papiers et couleurs.

34 Planches cuivre.

Jolie suite, l'un des chefs-d'œuvre de Moreau le Jeune.

24. Prudhon. Suite complète de 5 gravures : 4 pour l'Art d'aimer (3 de Prudhon, 1 de Gérard), 1 de Prudhon pour Phrosine et Mélidore gravées au trait.

6 Collections sur vergé ou Hollande en noir, bistre, bleu ou sanguine.

25. RABELAIS. Suite complète de 17 gravures sur acier d'après Du Bourg et Bernard Picart et comprenant : 1 portrait, gravé par Tanjé, d'après Michel Lasne; 1 frontispice allégorique avec portrait en médaillon, 12 gravures et 3 vues (chambre, maison et lieu de naissance de Rabelais).

6 Collections sur vergé de Hollande (2 en bistre, 2 en bleu, 2 en sanguine).

17 Planches acier gravées avant toute lettre.

PUBLICATIONS ET COLLECTIONS

DU FONDS DE L'ÉDITEUR WILLEM

26. Trésor des Vieux Poètes français, publié par Becq de Fouquières, Brunet, de Montaiglon, Blanchemain, etc. 1878-83. Collection complète en 14 volumes, tirés à 450 exemplaires.

2,312 Volumes plus un certain nombre de clichés (1,641 volumes sur vélin (1,412 à 5 fr., 50 à 6 fr., 179 à 7 fr.); 671 sur vergé (581 à 8 fr., 26 à 10 fr., 64 à 12 fr.).

I. — OEuvres de Jean de la Taille (Histoire des singeries de la Ligue, sonnets, élégies, chansons, comédies, sonnets d'amour, satires, combat de fortune et pauvreté, etc.). 4 volumes avec gravures et plan (39 exemplaires du Tome I, 61 du Tome II, 58 du Tome III, 58 du Tome IV sur vélin à 5 fr.; 32 exemplaires du Tome I, 37 du Tome II, 36 du Tome III, 27 du Tome IV sur vergé à 8 fr.).

II. — OEuvres poétiques d'Amadys Jamyn, avec sa vie, par Colletet, 2 volumes (117 Tome I et 113 Tome II sur vélin à 5 fr.; 44 Tome I et 49 Tome II sur vergé à 8 fr.).

III. — Le Paradis d'amour, les Mignardises amoureuses, les Soupirs amoureux de Guy de Tours, 2 volumes (102 Tome I et 101 Tome II sur vélin à 5 fr.; 36 Tome I et 36 Tome II sur vergé à 8 fr.)

IV. — Les Mimes, Enseignemens et Proverbes de Baïf, 2 volumes avec portrait (163 exemplaires vélin des 2 volumes et 62 sur vergé.)

V. — Les Restes de la Guerre d'Estampes, 1 volume (179 sur vélin à 7 fr., 64 sur vergé à 12 fr.).

VI. — Les Élégies de la Belle fille lamentant sa virginité perduc, par Ferry Julyot. Réimpression complète de l'édition princeps (1557), 1 volume avec gavures (50 sur vélin à 6 fr.; 26 sur vergé à 10 fr.).

VII. — La Légende joyeuse, Maistre Pierre Faifeu, contenant plusieurs singularitez et veritez, la gentillesse et subtilité de son esprit avecques les passetemps qu'il a faitz..... avec une Epistre, laquelle contient plusieurs bonnes choses en rhéthorique melliflue, 1 volume, 235 exemplaires sur vélin à 5 fr. (dont 175 en feuilles), 88 sur vergé à 8 fr. (dont 65 en feuilles).

VIII. — Noelz et chansons nouvellement composez tant en vulgaire Françoys... A Lyon, 1555. 1 volume, 192 exemplaires (dont 181 en feuilles) sur vélin à 5 fr., 81 exemplaires (dont 69 en feuilles) sur vergé à 8 fr.

Le décès de l'éditeur Willem, survenu en 1883, n'a pas permis le numérotage de tous les exemplaires des derniers volumes publiés.

Cette collection est aujourd'hui complète en 14 volumes, mais elle devait encore comprendre 2 ouvrages dont les annotateurs sont morts.

I. — OEuvres de Guillaume des Autelz, par le baron James de Rothschild.

II. — La Musette de d'Alibray, par Prosper Blanchemain.

27. Collection de documents rares ou inédits, relatifs à l'Histoire de Paris 1873-79. Collection complète en 11 vol. in-8 tellière, tirés à 350 exemplaires.

245 Volumes (213 sur vergé, 32 sur Chine).

I. — Estat, noms et nombre de toutes les rues de Paris en 1636, avec une étude sur la voirie et l'hygiène publique à Paris depuis le XII\ siècle par Franklin, 1873 (5 exemplaires sur vergé à 4 fr., 2 sur Chine à 8 fr.)

II. — Ordonnance pour éviter le dangier de peste, 1531, avec une étude sur les épidémies parisiennes par le docteur Chereau, avec 3 gravures, 1873 (11 exemplaires vergé à 5 fr.; 2 sur Chine à 10 fr.)

III. — Les rues et les cris de Paris au XIII\ siècle, avec une étude sur les rues de Paris au XIII\ siècle par Franklin, 1874 (6 exemplaires sur vergé à 5 fr., 1 Chine à 10 fr.)

IV. — La Dance macabre des S.S. Innocents de Paris, d'après l'édition de 1484, précédée d'une étude sur le Cimetière, le Charnier et la Fresque peinte en 1425 par l'abbé Dufour, 1874 (6 vergé à 6 fr., 2 sur Chine à 12 fr.)

V. — Les Auteurs dramatiques et la Comédie-Française à Paris aux XVII\ et XVIII\ siècles, d'après des documents inédits, par Bonnassies, 1874 (12 vergé à 4 fr., 4 Chine à 8 fr.)

VI. — La Fleur des antiquitez de la noble et triomphante ville et cité de Paris par Corrozet (1532), publiée par le bibliophile Jacob, 1874 (11 vergé à 5 fr., 3 Chine à 10 fr.)

VII. — Le Bailliage du Palais-Royal de Paris par Charles Desmaze, 1875 (8 vergé à 5 fr., 5 Chine à 10 fr.)

VIII. — Les six couches de Marie de Médicis, reine de France et de Navarre racontées par Louise Bourgeois, dite Boursier, sa sagefemme. Etude biographique, notes et éclaircissements par le docteur Chereau, avec 2 beaux portraits gravés de Marie de Médicis et Louise Bourgeois, 1875 (4 vergé à 6 fr., 2 Chine à 12 fr).

IX. Le Calendrier des Confréries de Paris par Le Masson, Forézien. Introduction et notes par l'abbé Dufour. Avec 3 gravures (le Crieur des Confréries, le Cloqueteux de Beauvais et le Juré Crieur de vins). 1875. (13 sur vergé à 7 fr., 5 sur Chine à 14 fr.)

X. Une famille de Peintres Parisiens aux XIVᵉ et XVᵉ siècles. Documents, pièces originales, notes et commentaires par l'abbé Dufour. Plusieurs illustrations dont une en couleurs. 1877. (11 sur vergé à fr., 5 sur Chine à 10 fr.)

XI. L'Incendie du Palais de Paris en 1618. (Avec la description du Palais.) Relation de Boutray, réimprimée pour la première fois. Introduction et notes de Bonnardot, 1879. 127 exemplaires vergé à 5 fr.)

Nous donnerons avec ces volumes des bois et clichés, ainsi que 2 planches gravées sur cuivre représentant la Reine Margot et Louise Bourgeois.

L'éditeur Willem avait primitivement indiqué les titres suivants comme devant paraître dans la collection.

I. Entrée de Louis XIV à Paris, par de Montaiglon.

II. La première opération de la taille à Paris, par le Docteur Lannelongue.

III. La Chute du Pont-Marie en l'Isle-Notre-Dame, 1658, par Jules Cousin.

IV. Journal d'un bourgeois de Paris sous François Iᵉʳ, par Ludovic Lalanne.

V. Paris et le Louvre au XVᵉ siècle, d'après les manuscrits de Sauval par Paul Lacroix.

28. Collection historique des Bibliophiles Parisiens. Collection complète en 5 vol. in-8 écu, tirés à 350 exemplaires.

107 volumes (76 sur vergé, 31 sur Whatman).

I. Journal du siège de Paris, par Henri IV, en 1590, rédigé par un des assiégés, publié d'après le manuscrit et précédé d'une étude sur les mœurs et coutumes des Parisiens au xviᵉ siècle, par Alfred Franklin. Gravures. Planches sur acier représentant l'entrée de Henri IV. 1876. (6 sur Hollande à 12 fr.; 5 sur Whatman à 30 fr ; ensemble, 11 exemplaires).

II. Registre criminel de la justice de Saint-Martin-des-Champs, à Paris, au XIVᵉ siècle, publié pour la première fois. Précédé d'une étude sur la juridiction des religieux de Saint-Martin (1060-1674). 1877. In-8 avec plan de la censive de Saint-Martin. (12 exemplaires Hollande à 10 fr., 13 Whatman à 25 fr.; ensemble 25 exemplaires).

III. Les Rues et Eglises de Paris vers 1500. Une fête à la Bastille en 1518. (Le livre et Forest de Messire Bernardin Rince). Le Supplice du maréchal de Biron à la Bastille en 1602. Préface et notes d'Alfred Bonnardot. 6 fac-simile et plan 1878. (28 exemplaires sur Hollande à 1c fr., 5 sur Whatman à 25 fr. Ensemble 33 exemplaires).

IV. Registre des délibérations et ordonnances des marchands merciers (grosserie, mercerie et jouaillerie) de Paris 1596-1696. Préface et notes de Saint-Joanny. 1878. (18 exemplaires Hollande à 8 fr., 4 Whatmann à 20 fr. Ensemble 22 exemplaires).

V. — L'Hôtel de la reine Marguerite (Fille de Henri II, première femme de Henri IV, surnommée la reine Margot), avec une étude sur le palais des Thermes, l'abbaye de Saint-Germain-des-Prés, l'enceinte de Philippe-Auguste, l'hôtel de Nesles, les Prés aux Clercs, etc., par Duplomb, avec un plan et un très beau portrait gravé de la reine Marguerite, 1878 (12 exemplaires sur Hollande à 7 fr., 4 sur Whatman à 15 fr.)

Ouvrage piquant (Margot chassée à cause de sa vie scandaleuse, séduit son geôlier. Sa vie licencieuse, sa coquetterie, ses toilettes. Sa cour, ses 24 amants, ses débuts à 11 ans, etc.)

Avec ces volumes, nous donnons des bois et des clichés ainsi qu'une planche sur acier (Entrée de Henri IV dans Paris).

L'éditeur Willem avait annoncé comme devant paraître dans cette collection les deux ouvrages suivants : I. Les rues et cris de Paris au XIVᵉ siècle; II. Paris artistique et monumental en 1750, trad. de l'anglais du docteur Maihows par de Puisieux. Réimpr. pour la première fois par Hipp. Bonnardot; III. Le livre de la Chapelle Sainte-Barbe et les délibérations des marchands et artisans privilégiés de Paris, 1662-1789; IV. La table à Paris aux trois derniers siècles. Reliefs historiques recueillis par Saint-Joanny.

29. Collection du Bibliophile, amateur de raretés. Le Chien pêcheur ou le Barbet des Cordeliers. Poëme héroï-comique, en latin et en français, avec fac-simile, 1875. In-8 écu, tiré à 125 exemplaires.

11 exemplaires (2 sur Hollande à 6 fr., — 5 sur Whatman à 10 fr. — 4 sur Chine à 10 fr.).

30. Publication de MM. Anatole de Montaiglon et du baron James de Rothschild. — 510 vol. et 1 lot de clichés.

I. Le Triomphe de haulte et puissante dame Vérolle et le Pourpoint fermant à boutons. Nouvelle édition complète avec une préface et un glossaire. Fac-simile des bois par Pilinski. 1874. In-8 vergé. — 8 exemplaires.

II. Edition entière et complète (l'ouvrage n'ayant pas encore été publié et mis en vente), comprenant 470 exemplaires sur vergé (annoncés à 8 fr., et 32 sur Chine à 16 fr.) :

Triomphe de Haulte folie... orné de figures. Avec introduction et glossaire. Réimprimé sur l'exemplaire unique qui se trouve à la Bibliothèque de Verssilles. (Folie, Abus, Fol appétit, Volupté, Folz usuriers. Outrecuidance. Folz amoureux, les Maquereaulx, Venus, Cupido, les Boucs, le Ruffian, Papellardise, la Vieille Putain, Folle Bobance, la Mort.) In-8 avec 50 gravures par Pilinski.

31. La Dance macabre, peinte en 1425, au Cimetière des Innocents, par l'abbé Dufour, avec frontispice gravé, 1873. In-4., tiré à 250 exemplaires.

4 Exemplaires (1 sur vergé teinté à 8 fr., 3 sur Whatman à 16 fr.)

A la fin de ce volume on a encarté « La Dance macabre composée par Maistre Jehan Gerson, 1425 ». — *Fac-simile* de l'exemplaire unique de Guyot Marchant de 1484, conservé à la Bibliothèque publique de Grenoble. In-4 de 24 pages, caractères gothiques, avec 18 gravures, publié à 3 fr. — (Cette Dance des morts, la plus ancienne connue, est celle peinte au cimetière des Innocents de Paris, en 1425, par Jehan Gerson, peintre du roi Charles VI. L'édition reproduite est à la fois la première, la plus rare et la plus jolie).

Cette réimpression, donnée par Willem, est complètement épuisée, nous vendons, avec le présent lot, la collection complète des clichés (texte et gravures).

32. **Rondeaux et Vers d'Amour**, par Jehan Marion, poète nivernais, du XVIᵉ siècle; publiés pour la première fois, par Prosper Blanchemain, 1873. In-8 écu, tiré à 100 ex., publiés à 7 fr. 50.

4 Exemplaires.

33. **Histoire du Théâtre en France**, depuis ses origines jusqu'au Cid (Mystères, Farces, Pièces politiques et sociales, etc.), par Pifteau et Goujon, 1879. 2 vol. in-16, papier vergé (10 francs).

25 Exemplaires, plus 2 T. II. Collection complète des empreintes de l'ouvrage.

34. **Mᵐᵉ Putiphar**, par Petrus Borel; Réimpression textuelle sur l'édition originale. Préface de Jules Claretie, 1877-78. 2 vol. in-8.

44 Exemplaires, 15 sur Whatman (dont 1 relié avec suites) à 50 fr., — 10 (dont 2 reliés avec suites) sur Hollande à 30 fr., — 19 sur vélin à 12 fr.

11 Tome II (3 sur Hollande, 8 sur vélin).

Collection complète de 8 gravures sur acier, d'après Michel Armajer, pour illustrer Madame Putiphar.

125 Collections (11 vélin noir à 8 fr., 11 en bleu, bistre ou sanguine à 10 fr., 2 Hollande noir à 12 fr., 18 en bleu, bistre ou sanguine à 14 fr., 25 Japon, Whatman ou Chine noir à 16 fr., 65 en bleu, bistre ou sanguine à 20 fr.

Gravures dépareillées.

Les 8 planches sur acier pour réimprimer les gravures.

35. **Les Anciens plans de Paris**. — Notices historiques et topographiques, par M. Alfred Franklin, illustré de 30 grands fac-simile, sur bois, et d'un plan de Paris, en 1567, gravé en taille douce, 1878-80. 2 vol. petit in-4 tirés à 354 exemplaires.

Complément et index pour l' « Atlas des anciens plans de Paris » publié par l'Administration municipale.

20 Exemplaires (18 sur vergé, dont 1 relié, à 30 fr., 2 sur Whatman à 60 fr.).

14 Exemplaires du Tome II sur vergé.

Planche gravée du plan de Paris en 1567 et 1 bois et 1 galvano.

36. Poëtes et amoureuses (Les poëtes célèbres du XVIe siècle et leurs maîtresses : Ronsard, Sainct Gelays, Tahureau. Olivier de Magny, Louise Labbé, Vauquelin, Maynard, du Lorens, etc.) par Prosper Blanchemain. 1877. 2 vol. in-8 avec 7 portraits sur acier (Blanchemain, Ronsard, Louise Labbé, Robert Angot, etc.). Tiré à 380 exemplaires.

10 exemplaires (3 sur vergé à 15 fr.; 4 sur vergé, avec double suite, à 20 fr.; 3 sur Whatman, avec double suite, à 32 fr.)

37. Le Temple de Gnide, suivi de Céphise et l'Amour par Montesquieu. Avec figures dessinées par Eisen, gravées par Le Mire, reproduites par Gillot et imprimées par Motteroz. Préface par le Bibliophile Jacob. 1879-80. In-8 tiré à 440 exemplaires.

56 exemplaires (10 sur vélin à 16 fr.); 41 (dont 2 reliés) sur vergé, gravures sur Chine, à 30 fr.; 5 sur Whatman, dont 1 relié, avec double suite, à 48 fr.

38. Les Maîtresses de Molière. Amours du grand comique, leur influence sur son caractère et son œuvre par Pifteau. 1879. — Molière en province, étude sur sa troupe ambulante suivie de Molière en voyage par Pifteau. 1879. — Chaque vol. est orné d'un portrait et de 4 eaux-fortes.

162 volumes.

75 exemplaires des Maîtresses (63 à 4 fr.; 8 sur vergé à 6 fr.; 4 sur Whatman avec double suite à 12 fr.)

87 exemplaires de Molière en province (64 à 4 fr.; 20 vergé à 6 fr.; 3 Whatman avec double suite à 12 fr.)

2 planches cuivres contenant chacune 4 eaux-fortes.

39. Alfred Franklin. Ouvrages divers, 20 vol.

I. — Les Ruines de Paris en **4875**. 5 exemplaires (1 Chine, 2 Hollande, 2 vélin.)

II. — Mémoire confidentiel de Naudé à Mazarin après la mort de Richelieu. 1870 (2 vergé, 1 Chine Nankin).

III. — La Sorbonne, ses origines, sa bibliothèque. Débuts de l'imprimerie. Deuxième édition corrigée et augmentée. 1875 (2 vélin à 8 fr., 1 Hollande à 12 fr., 3 Chine à 16 fr.)

IV. — Précis de l'Histoire de la Bibliothèque du Roi, aujourd'hui Bibliothèque Nationale. Deuxième édition corrigée et augmentée. 1875 (4 vélin, dont 1 relié, à 8 fr.; 2 Hollande à 16 fr.)

40. Ouvrages de Bonnassies. — 9 vol.

I. — La Comédie-Française et les Comédiens de province aux XVIIe et XVIIIe siècles. 1875. 1 exempl ire Chine (6 fr.) avec envoi.

II. — Les auteurs dramatiques et les Théâtres de province aux XVIIe et XVIIIe siècles. 1875. 2 vergé à 3 fr., 2 Chine (dont un avec envoi) à 6 fr.

III. — Lettre à Mylord sur Baron et demoiselle Lecouvreur Lettre du souffleur au garçon de caffé. Avec photographies. 1871. 2 exemplaires vergé à 4 fr.

41. Philibert Le Duc. OEuvres. 6 vol.

I. — Sonnets curieux et sonnets célèbres, étude anthologique et didactique, 1879. 4 exemplaires à 7 fr.

II. — Haltes dans les bois, 1874. 2 exemplaires.

42. Le Pas des Armes de Sandricourt. Relation d'un tournoi donné en 1493. 1874. In-8 tellière tiré à 250.

6 Exemplaires (4 vergé à 8 fr., 2 Chine à 16 fr.).

43. Antoine Monnier. OEuvres dédiées à Charles Baudelaire.

I. — Le Haschisch, contes ornés de 30 grandes eaux-fortes fantastiques, 1877; in-4, publié à 20 fr. (11 exemplaires complets, 5 avec texte seul).

II. — Ève et ses incarnations, sonnets et eaux-fortes, préface de Tony Révillon, prologue par Prosper Blanchemain, 1878 (2 exemplaires vélin à 10 fr., 1 vergé à 18 fr., 3 exemplaires incomplets), avec 12 eaux-fortes représentant 40 sujets.

III. — Collection des 12 cuivres d'Ève et ses incarnations.

44. Les Communes et la Royauté par Desmaze, conseiller à la Cour. Avec gravures. 1877. In-8. — 20 exemplaires.

16 sur vélin à 7 fr., 10 vergé à 10 fr.

1 cliché et 1 planche gravée sur cuivre représentant une Audience au Châtelet au XVIIIe siècle.

OUVRAGES DIVERS

45. 30 volumes publiés par Gay à 5 fr.

5 Abyssiniennes, — 6 Livres prohibés, — 7 Liste et origine des ordres de Chevalerie, — 2 Bibliographie des ouvrages relatifs aux pèlerinages, — 10 La Terre est un animal.

46. Molière. Ed. Scheuring. 37 vol. dépareillés.

> Grand papier vergé teinté (1 Tome III, 6 ex. Tomes IV et V, 7 ex. Tome VI, 4 ex. Tome VII et VIII).
>
> Petit papier vergé teinté (3 Tome IV, 1 ex. Tomes V et VI, 3 Tome VII, 1 Tome VIII. 2 vol. incomplets, 1 paquet défets.

47. 44 vol. divers.

> 22 ex. Trois lettres inédites de Proudhon. 1871. In-3. 8 ex. Etudes bibliographiques. L'Hydrologie au XIVe siècle. 1868. In-8 vergé. 10 ex. Collection du Bibliophile français. Lamennais. 1864. In-16 avec portrait. 2 ex. Père Duchêne n° 69 de 1871. In-8 vergé. 2 ex. Matinées du Roi de Prusse. 1871. In-8.

48. Victor Hugo. Les Misérables.

> (Edition originale). 25 vol. in-8 sur Hollande dépareillés.

49. **Xavier Forneret** (Romantique) Ombres de poésie. 1860. In-8 br. couv.

> 14 exemplaires.

50. Victor Hugo devant l'opinion. Documents officiels et incidents (Maladie, mort, funérailles). Reproduction des articles de journaux de la France et de l'étranger, etc. In-12 avec couverture illustrée or et couleurs, publié à 3 fr. 50.

> 98 exemplaires.

51. Etudes sur les possessions en général et sur celle de Loudun en particulier. 1859.

> 9 exemplaires.

52. La vérité, toute la vérité, rien que la vérité sur la chasteté et l'incontinence dans le clergé catholique. 1881, Dentu. In-12 publié à 2 fr.

> 75 exemplaires.

53. Quérard. La France littéraire. Tome douzième. 1859-64. In-8.

> 19 exemplaires.

54. Octave Mirbeau. Le Comédien par un journaliste. — Coquelin. Les Comédiens par un comédien. 1883. 2 vol. en un in-16 jésus teinté publié à 2 fr.

> 615 exemplaires.

55. Annuaire-Catalogue des journaux de Paris, donnant leurs titres, sous-titres, rédacteurs principaux, format et mode de publication, prix et bureaux d'abonnement avec table systématique, Cinquième édition refondue et augmentée. Janvier 1883. In-12 publié à 2 fr. 50.

234 exemplaires. — 140 vol. des éditions de 1875, 1877, 1879, 1881. En tout 374 volumes.

56. Pathologie générale des Maladies de la peau par le Docteur Cazenave, professeur agrégé de la Faculté de médecine, etc. 1868. In-8 de 387 pages (7 fr.).

180 exemplaires.

57. La Femme et l'Homme. Réponse à M. Alexandre Dumas. 1872. In-12.

58 exemplaires.

58. Lot d'ouvrages illustrés du XVIIIᵉ siècle.

59. Lot d'environ 300 volumes dépareillés et parties séparées de volumes du Répertoire du Théâtre-Français pouvant fournir un grand nombre de pièces de théâtre.

60. Ouvrages en lots.

A. Maulde et Cⁱᵉ, imprimeurs de la Compagnie des Commissaires-Priseurs, rue de Rivoli, 144. 300—90984

Le triumphe
de Haulte folie.

On les vend à Lyon en rue Merciere
par Anthoine Volant.